Esthétique des Villes

L'Isolement
des Vieilles Églises

par

Ch. Buls

Président du Comité des Etudes historiques
du Vieux-Bruxelles

Bruxelles
Librairie Nationale d'Art et d'Histoire
G. Van Oest et Cie

—

1910

ESTHÉTIQUE DES VILLES

L'ISOLEMENT DES VIEILLES ÉGLISES

Esthétique des Villes

L'Isolement

des Vieilles Églises

par

Ch. Buls

Président du Comité des Etudes historiques
du Vieux-Bruxelles

Bruxelles
Librairie Nationale d'Art et d'Histoire
G. Van Oest et Cie
—
1910

Le Dégagement des Vieilles Églises

La Société allemande *Denkmalpflege* (La protection des monuments) avait inscrit à l'ordre du jour de sa réunion annuelle de 1908, à Lübeck, la question du dégagement des abords des vieilles églises. Le problème y fut exposé très clairement par M. le professeur Cornelius Gurlitt, auteur d'une admirable histoire de l'art. Nous avions, de notre côté, préparé une étude sur la même question et il s'est trouvé que, sans nous être consultés, nous étions arrivés aux mêmes conclusions. Elles ont reçu l'approbation unanime de l'assemblée qui décida la publication, en allemand, de notre mémoire dans les annales de la société.

Cette année, l'éminent président du *Denkmalpflege*, M. le Conseiller intime OECHELHAEUSER nous a demandé une nouvelle édition de notre étude qu'il nous faisait l'honneur de considérer comme de nature à soutenir les efforts de ceux qui, en Allemagne, s'efforcent de préserver le cadre des vieilles églises.

Encouragé par cette nouvelle adhésion aux idées que nous avions défendues à Lübeck, nous croyons d'autant plus utile de publier notre étude en français que la question est discutée en ce moment avec beaucoup d'incompétence et à un point de vue trop unilatéral à Bruxelles, à propos de la prolongation de la rue des Colonies ; travail qui, à notre avis, serait funeste à l'aspect de notre belle Collégiale des SS.-Michel et Gudule.

Notre mémoire présenté au Congrès de Lübeck s'appuyait sur les solutions proposées à propros des vieilles églises d'Anvers, de Tournai et de Louvain ; nous ajoutons aujourd'hui à ces études celle de la situation qui serait créée, à Bruxelles, si l'on modifiait, encore une fois, le cadre de notre Collégiale et nous espérons ainsi contribuer à ramener à des vues plus saines ceux qui défendent la prolongation de la rue des Colonies jusqu'à la place Sainte-Gudule, en leur démontrant qu'ils ont tort de n'envisager qu'une des faces du problème et que la solution brutale qu'ils proposent est loin d'être la meilleure.

*
* *

Le problème du dégagement des anciennes églises donne partout lieu à d'ardentes polémiques entre les conservateurs intransigeants dont le fétichisme pour les vieilles pierres va jusqu'à vouloir respecter des constructions parasites et les utilitaires qui sacrifieraient les sites les plus pittoresques, les souvenirs les plus vénérables aux besoins de la circulation et de la bâtisse. Il est une troisième catégorie de polémistes qui intervient au débat, celle dont le sens esthétique est faussé par l'admiration exclusive des monuments de l'architecture classique. Pour eux un édifice doit répondre à deux conditions essentielles : être isolé et symétrique. C'est une esthétique à la portée de toutes les intelligences.

Le problème ne comporte pas une solution unique parce que les données ne sont pas identiques dans tous les cas.

Tout d'abord il faut distinguer deux éventualités différentes :

1° S'agit-il de débarrasser les flancs d'une vieille église des constructions parasites qui les masquent ?

2° Faut-il modifier le cadre des maisons qui entourent l'église soit pour ménager des points de vues sur de belles parties, soit pour satisfaire à des exigences impérieuses de circulation ?

En recherchant la solution à donner à ces deux problèmes, qui d'ordinaire sont connexes, nous aurons à tenir compte des facteurs suivants :

1° Importance et mérite de l'église ;

2° Son caractère général et son style ;

4° Le plus ou moins de valeur artistique, historique ou archéologique des constructions adossées à l'église ou constituant son cadre ;

4° La répercussion que le dégagement de l'église peut avoir sur la circulation ou l'activité commerciale de rues ou de places voisines ;

5° Les points de vue à ménager sur les parties les plus belles ou les plus intéressantes de l'édifice ;

6° L'effet que produira le plus ou moins de dégagement au point de vue des dimensions de l'édifice.

Il va de soi que l'importance relative de ces différents facteurs variera suivant les cas. Il en résulte que la question ne peut être traitée sérieusement que pour autant qu'elle s'applique à un édifice déterminé.

Un postulat doit cependant être admis entre ceux qui discutent le problème ; c'est que si une ville prospère doit fatalement se transformer pour s'adapter à des besoins nouveaux de circulation, de propreté, d'hygiène et de confort, elle ne peut cependant négliger les titres moraux et intellectuels d'une cité policée qui a conservé dans ses monuments des traces du passé, des souvenirs glorieux, historiques, artistiques, poé-

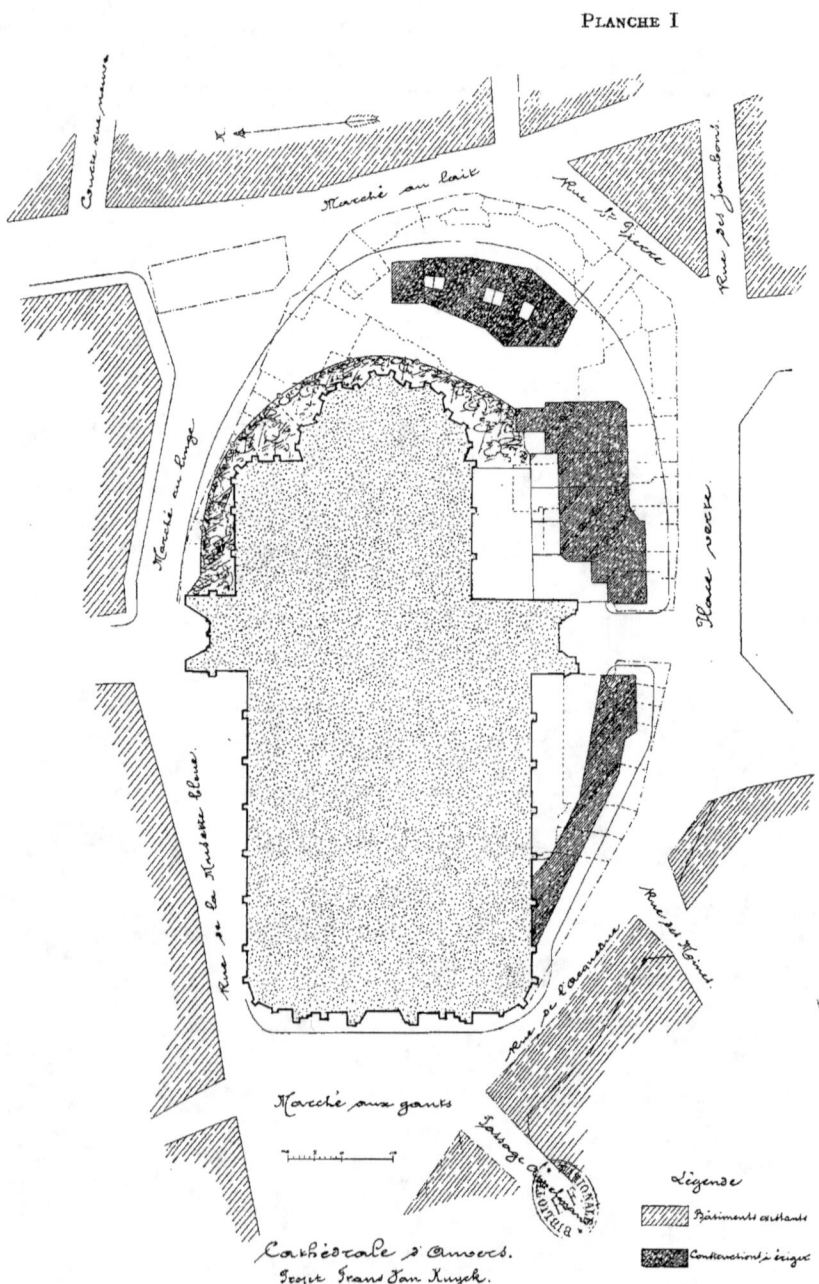

Cathédrale d'Anvers.
Projet Grand Jean Kuyck.

CATHÉDRALE D'ANVERS

tiques. Ce sont ses brevets de noblesse. Concilier ces différentes exigences est la tâche à laquelle nous devons nous appliquer.

Cela étant dit, saisissons le problème dans sa forme concrète.

La question qui nous occupe est discutée en ce moment en Belgique à propos de quatre vieilles églises, dont l'importance au point de vue des dimensions et de la valeur architecturale ne sera mise en doute par personne : ce sont les cathédrales d'Anvers et de Tournai, l'église Saint-Pierre à Louvain et de Sainte-Gudule à Bruxelles. Toutes les quatre ont ou avaient leurs flancs cachés par des constructions adventices et se trouvaient plantées en partie dans un cadre de rues étroites. Elle nous offrent donc un excellent thème pour l'étude de la question.

Cathédrale d'Anvers.

(Planche I.)

La cathédrale d'Anvers, commencée en 1352, probablement d'après les plans de Jean Appelmans, continuée, vers 1420, par son fils Pierre, fut achevée, en 1521, par Dominique Waghemaker. Les parties les plus anciennes sont donc de style rayonnant, presque toute l'église appartient à la période flamboyante et le sommet

9

de sa flèche révèle l'influence de la renaissance.

Un travail fort intéressant de M. Fernand Donnet (1) montre bien le caractère parasitaire des constructions qui entourent la cathédrale. Ce furent d'abord des logettes destinées à abriter les ouvriers employés à la construction, puis on y admit l'installation de petites échoppes pour la vente des objets de piété, des logis pour le sacristain, le carillonneur, les nettoyeuses, enfin, un jour, les chanoines et le conseil de Fabrique s'avisèrent que la location de ces maisonnettes serait un moyen de créer des ressources pour continuer la construction de l'église et leur nombre en croît rapidement : il y en avait sept en 1479, dix-neuf en 1482, vingt-deux en 1491. Peu à peu les maisonnettes se transformèrent en maisons, souvent le locataire offrit de re- construire celle qu'il occupait moyennant un bail viager ou une exemption de paiement de loyer durant un certain nombre d'années. En 1509, il y a vingt-sept maisons.

En 1521, on commence la construction d'un chœur beaucoup plus grand que l'actuel et, dès 1526, la Fabrique bâtit elle-même quatorze boutiques adossées au pied du mur. Bien plus, en attendant l'achèvement du chœur, on élève des maisonnettes à l'intérieur de son enceinte et

(1) FERNAND DONNET. *Les abords de l'église Notre-Dame à Anvers*, 1906.

on loue, en guise de cave, la crypte qui s'étend au-dessous. Si bien que les échoppes appuyées aux murs de l'église deviennent les arrière-boutiques des maisons bâties sur un périmètre plus étendu et qu'en 1700 on compte cinquante-quatre maisons. Il en résulte qu'un seul mobile animait le conseil de Fabrique, la nécessité de créer des ressources pour la continuation de la construction. Il considérait probablement le maintien de ces maisons comme provisoire, remettant la démolition à des temps meilleurs qui ne vinrent jamais.

Toutes ces maisons agrandies, appropriées peu à peu aux exigences modernes, ont atteint une hauteur exagérée et n'ont rien conservé de leur caractère ancien, à part quelques lucarnes surmontées de pignons à gradins.

Après avoir exposé l'origine de la situation actuelle, M. F. Donnet conclut qu'il faut débarrasser l'église de ces parasites.

Mais ici intervient un facteur étranger à l'église que nous ne pouvons pourtant négliger. Treize de ces maisons constituent le fond de la place Verte. Entourée d'hôtels, de cafés, de grands magasins, cette place forme, au centre de la ville, un endroit animé, livré au commerce, la population s'y réunit pour voir passer des cortèges et entendre la musique. Une fois les murs de l'église mis à nu, fussent-ils même bordés de plantations, la mélancolie ne s'installera pas à la place de l'animation d'antan?

On l'a cru, et pour obvier à cet inconvénient on s'est demandé s'il ne faudrait pas rétablir à cet endroit, après démolition des banales maisons actuelles, une douzaine d'échoppes n'ayant qu'un étage et une mansarde, dont les lucarnes rappelleraient celles des maisons du Marché au Lait.

On conserverait ainsi l'alignement actuel du fond de la place Verte. Les maisonnettes n'auraient pas plus d'une dizaine de mètres de profondeur, de façon à permettre la plantation d'un jardinet de quatorze mètres de largeur entre ces maisons et le mur de l'église. A partir de la rue de l'Aqueduc on établirait une grille qui clôturerait ce jardin et permettrait d'entrevoir à travers les arbres l'architecture de la base de l'église. Cela suffirait pour que notre imagination complétât la partie invisible de l'édifice.

Il va de soi que le parvis au-devant du porche méridional devrait être mis à la largeur du transept. — A droite de celui-ci, on élèverait une ligne de maisonnettes basses jusqu'à l'angle de la rue Saint-Pierre, pour conserver un fond à la place Verte. L'angle entre le transept méridional et le côté du chœur devrait être occupé par la sacristie et la salle capitulaire; au delà on créerait un grand jardin dont la clôture serait établie sur les fondations du chœur commencé en 1521. Entre les arbres on apercevrait la belle abside du chœur. Il n'y aurait aucun intérêt à conserver les masures accolées aux deux côtés du transept septentrional, dans la rue de la Musette Bleue.

M. F. Donnet n'est pas partisan de cette solution. Il propose de remplacer les vétustes constructions, sans aucun caractère, par une série de bâtiments sans grande élévation conçus dans le style de l'église. Il les considère comme indispensables à l'exercice du culte. Ce sont la demeure du doyen, celle du concierge, les bureaux de la fabrique de l'église, les archives, les salles du catéchisme, l'école des chantres, les magasins du matériel, etc.

Les deux solutions peuvent se défendre, sans que les auteurs s'excommunient réciproquement.

Au point de vue qui nous occupe, retenons seulement qu'ils sont l'un et l'autre d'avis de démolir les constructions collées aux murailles mêmes du temple et de conserver un écran laissant suffisamment deviner celles-ci, afin de maintenir intact le cadre actuel de la place Verte.

Nous pensons que tout le monde est d'accord pour conserver aussi le cadre extérieur formé par les maisons qui entourent la cathédrale, sauf à élargir quelques rues, non en éloignant ce cadre de l'église, mais en rapprochant de celle-ci

,la clôture du jardin dont on propose de l'entourer.

On respecte ainsi la conception primitive du monument. Le maître de l'œuvre n'a pu, au XIVᵉ siècle, rêver de voir, un jour, son église se dresser au milieu d'une plaine, loin des modestes maisons qui servaient de norme pour mesurer l'ampleur du temple majestueux. Il lui suffisait que la flèche s'élançât à 122 mètres de hauteur pour que l'église fût suffisamment signalée aux fidèles. Quant à l'élégance pittoresque du chœur et de sa couronne d'arcs-boutants, la robustesse des collatéraux, elles s'apprécient mieux et frappent plus vivement l'imagination quand le spectateur est amené par des rues tortueuses à bonne distance. On a souvent signalé le tort qu'un dégagement inconsidéré a causé aux cathédrales d'Ulm, de Cologne et de Paris. Craignons d'arriver au même résultat en sacrifiant trop à la manie moderne du dégagement.

Cathédrale de Tournai.

(Planche II)

Pour nous guider dans l'étude du dégagement de la cathédrale de Tournai, nous avons sous les yeux un excellent travail de M. Soil de Moriamé (1).

(1) E.-J. SOIL DE MORIAMÉ. *Dégagement de la cathédrale de Tournai.* 1906.

14

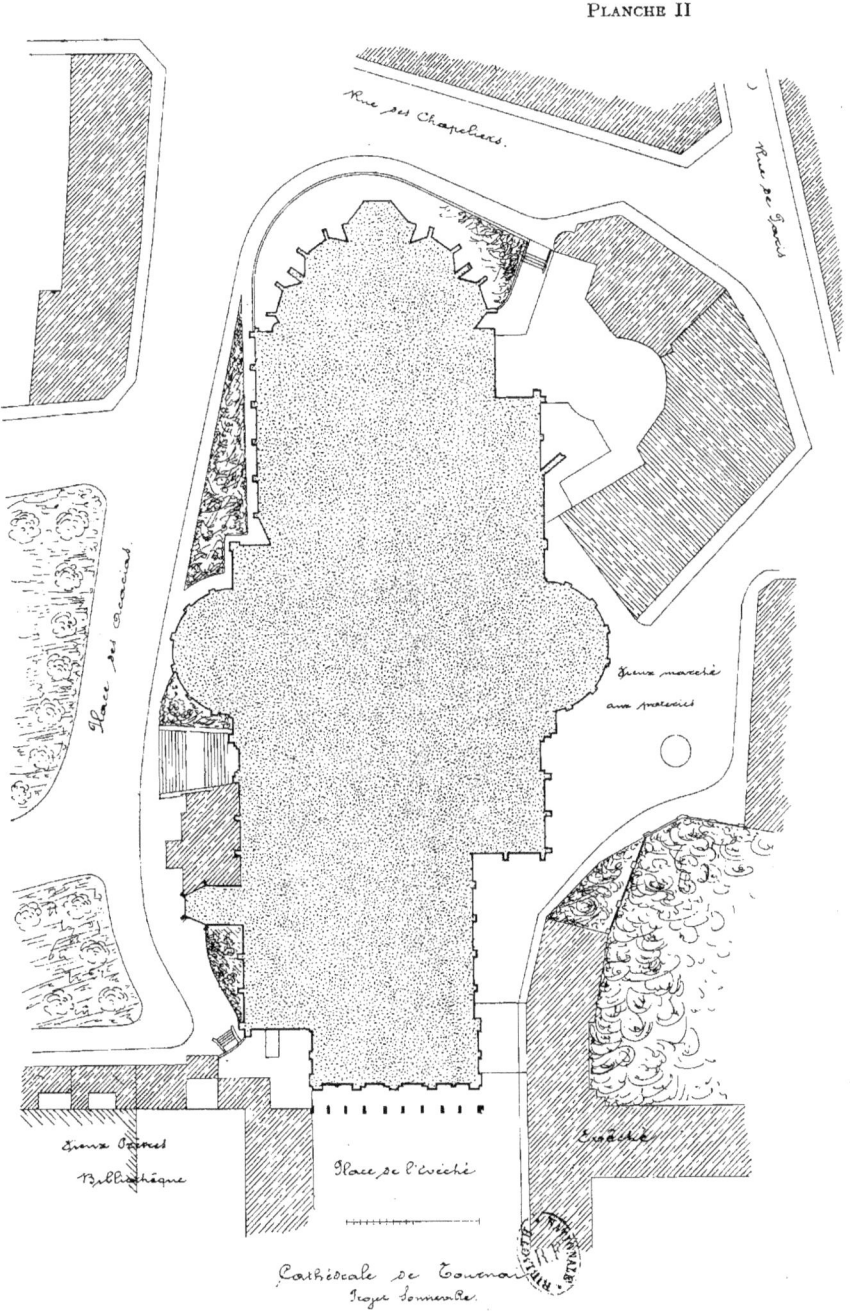

Rue des Chapeliers.

Rue de Gand

Place des Acacias

Vieux marché aux poleaux

Vieux Évêché Bibliothèque

Place de l'évêché

Évêché

Cathédrale de Tournai
Projet Sonneville.

CATHÉDRALE DE TOURNAI

La cathédrale se dresse sur le penchant d'une colline dont la partie la plus élevée supporte une annexe du chœur. Les nefs terminées en 1070 sont romanes, les transepts remaniés au XIIᵉ siècle, en même temps qu'on construisait le groupe célèbre des cinq clochers, romans aussi. Le chœur ogival, commencé en 1242, achevé en 1325, présente à l'extérieur un beau chevet gothique.

La cathédrale de Tournai est à la fois le plus ancien et le plus vaste de nos édifices du culte ; la Belgique ne possède pas de spécimen plus complet d'achitecture romane. Les dimensions considérables du chœur dont la toiture domine celle de la nef, indiquent que ses auteurs espéraient étendre la transformation ogivale à tout l'édifice, rêve qu'ils ne purent heureusement pas réaliser, car si l'aspect extérieur de l'église y eût gagné en cohésion, elle eût perdu ses majestueuses nefs romanes.

Comme à Anvers, la cathédrade s'est entourée peu à peu d'infimes et hideuses constructions qui en masquaient les beaux aspects et qui sont déjà démolies ; mais on a conservé, avec raison, l'évêché relié à la nef romane par le pont primaire qui enjambe d'une façon si pittoresque la rue, puis un groupe de maisons qui contourne une sacristie du XVIIᵉ siècle, car il ne pourrait être démoli sans révéler les différences de niveau défavorables à cette partie du chœur.

Tout le cadre de rues et de ruelles, qui enserre la cathédrale, doit être préservé avec soin sous peine de voir modifier défavorablement le centre de la ville en le transformant en un désert. Ce cadre présente suffisamment de percées pour donner des points de vue successifs sur les plus belles parties de l'édifice en évitant les vues surplombantes qui feraient perdre à l'édifice son caractère grandiose, comme on peut le constater à Bruxelles, au haut de la rue Stevens, d'où l'on domine l'église de la Chapelle.

En résumé, à Tournai, le facteur topographique intervient pour maintenir, accolées à la cathédrale, un groupe de maisons destinées à masquer le mauvais effet que produirait la vue d'une dénivellation de quatre mètres et d'une sacristie d'un style peu en harmonie avec le reste de l'édifice du côté de la rue des Chapeliers et de la rue de Paris ; le facteur archéologique réclame la conservation de l'évêché et de son pont ; le facteur esthétique demande la préservation du bâtiment des Vieux-Prêtres, afin de conserver à la façade son cadre restreint sans lequel elle paraîtrait mesquine. Enfin, quant au quartier environnant, M. Soil de Moriamé dit avec raison que l'idéal est de laisser le monument dans le cadre qui existait à la belle période de son histoire.

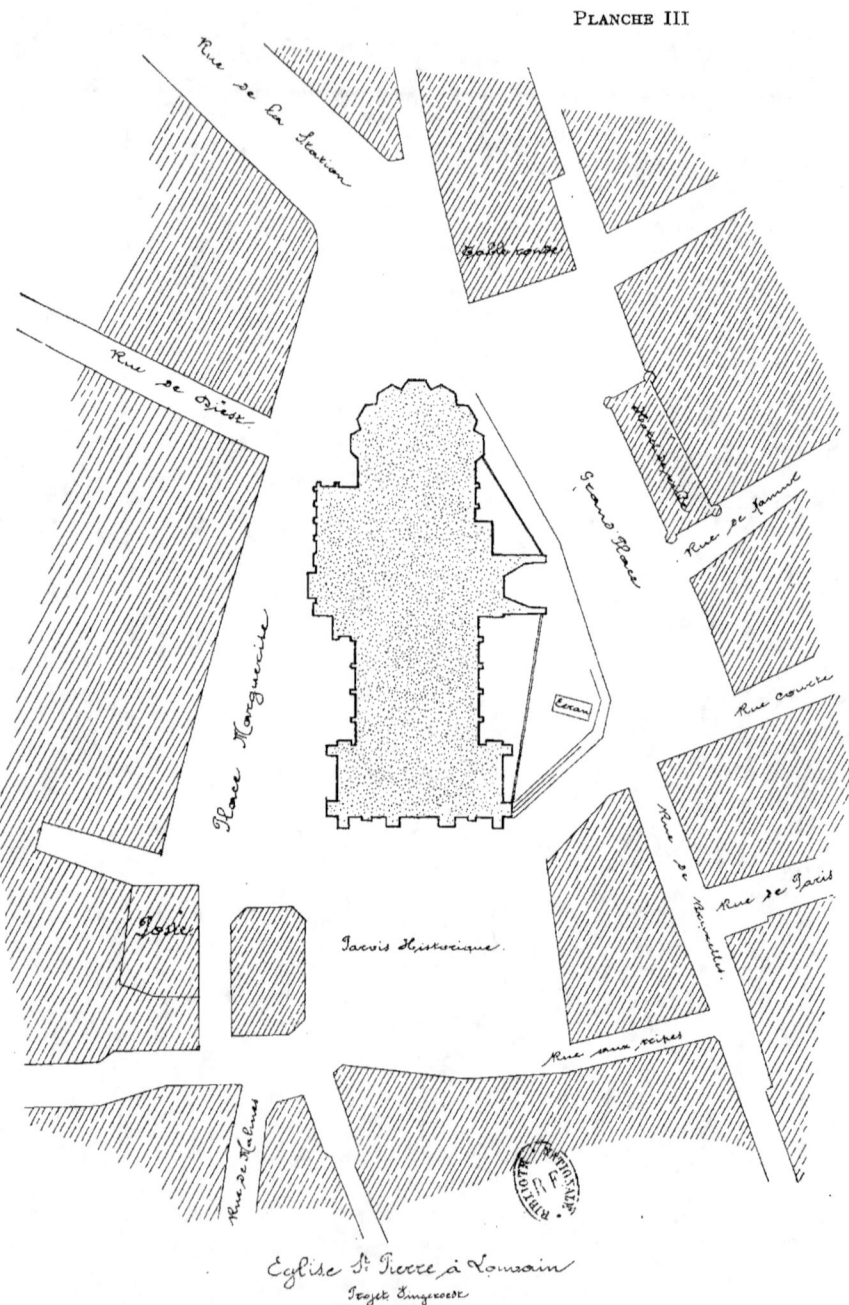

ÉGLISE SAINT-PIERRE A LOUVAIN

Eglise Saint-Pierre, à Louvain.

(Planche III)

La construction de l'église Saint-Pierre fut commencée en 1415, le porche de la Grand'Place date de 1499 et la première pierre des tours fut posée en 1507 ; la flèche centrale fut achevée en 1541. Une série d'écroulements forcèrent la ville à démolir les tours au niveau des nefs.

Aujourd'hui l'église forme un vaste vaisseau placé au centre de la cité en face du célèbre hôtel de ville ; de ce côté elle était en partie cachée par des maisonnettes ; du côté opposé ses nefs sont entièrement dégagées ainsi que son chœur dont on peut admirer la couronne de chapelles rayonnnantes entre les contreforts de l'abside ; malgré l'époque tardive de la construction, l'ensemble de l'édifice a un caractère sévère et l'unité de son style n'est troublée que par le clocheton du XVIIIe siècle qui se dresse à la croisée des nefs.

Les raisons qui avaient amené la ville à autoriser des constructions contre les murs de l'église avaient été les mêmes qu'à Anvers ; l'édification de petites échoppes, contre les contreforts du chœur et dans les angles rentrants des chapelles rayonnantes, avait été permise à la condition que leur hauteur ne dépassât pas le seuil des fenêtres de l'église, et, « afin d'empêcher le public de continuer à y faire des ordures ». Les revenus provenant de ces maisonnettes devaient être consacrés à l'achèvement de l'église (1).

Ces échoppes, des cabarets aujourd'hui, sont des constructions du XVIIe siècle, à un étage, surmonté de lucarnes d'un effet pittoresque. M. Vingeroedt avait demandé leur démolition, et malheureusement on l'a écouté, quoiqu'il eût reconnu que leur disparition modifierait complètement la physionomie de la Grand'Place et lui ferait perdre son caractère commercial. C'est ce qui est arrivé et tous les gens de goût déplorent aujourd'hui l'acte de vandalisme de l'Administration communale.

Nous pensons qu'il faudrait conserver non seulement le caractère commercial à la place, mais encore son aspect de forum animé. Ce facteur nous paraît assez important pour lui sacrifier quelques parties d'une église déjà isolée aux trois quarts.

L'auteur du projet a pressenti le danger pour l'hôtel de ville, édifice plutôt mignon, de voir s'ouvrir un nouveau vide devant lui ; le mal causé par la brèche de la rue de la Station dans le cadre de la place n'est que trop visible.

(1) VITAL VINGEROEDT. *Le Dégagement de l'église Saint-Pierre à Louvain.* 1904.

18

Mais le remède qu'il propose, l'interposition d'un écran décoratif, n'atténuerait pas l'aspect morne de la place.

M. Vingeroedt l'a compris et a élaboré un nouveau projet dans lequel il maintient, en l'abaissant, le bloc de maisons entre le porche méridional (en face de l'hôtel de ville) et la façade occidentale. L'éminent auteur de *Der Städtebau*, M. Stübben, a présenté une solution analogue et les deux projets sont reproduits dans la dernière édition de son livre (1).

La construction des tours gigantesques, imaginées par l'imprévoyant Josse Metsys, exigerait une dépense qui n'est plus en rapport ni avec les moyens financiers de Louvain, ni avec son idéal religieux ; on pourra donc se contenter d'un parvis de dimension modérée et se borner à élever l'aile gauche de la façade à la hauteur de l'aile droite.

---

(1) Stübben. Der Städtebau. *Handbuch der Architectur*, IV, Theil IX, p. 236. Ce projet prouve une fois de plus que M. Stübben est opposé au percement du cadre actuel de l'église Sainte-Gudule, comme il me l'a confirmé depuis de vive voix.

Église Collégiale de Sainte-Gudule,
à Bruxelles.

(Planche IV.)

L'église Sainte-Gudule, probablement commencée vers la fin du XIIe siècle, ne fut complètement achevée qu'au XVIe. Les différentes parties reflètent donc les styles employés à l'époque de leur édification. Cette variété ne nuit pas à l'aspect d'ensemble du monument qui conservera son caractère grandiose si on ne commet pas la faute de trop l'isoler et d'élever autour des constructions dont l'échelle démesurée rendrait l'église mesquine. Ses dimensions, en effet, ne sont pas comparables aux imposantes cathédrales d'Amiens, de Reims ou de Cologne.

Son caractère général est simple, même dans les parties qui datent de l'époque flamboyante; la façade a un bel élancement vertical quoique les tours aient perdu leurs flèches (1); les portails sont exigus et manquent de profondeur. Le chœur est alourdi par les deux chapelles du XVIe siècle qui ont été soudées au transept et ont détruit le plan crucial.

Une miniature de l'époque bourguignonne, d'un manuscrit de la Bibliothèque Royale, ainsi qu'une gravure du XVIIe siècle de Puteanus,

---

(1) Peut-être n'ont-elles jamais été construites.

20

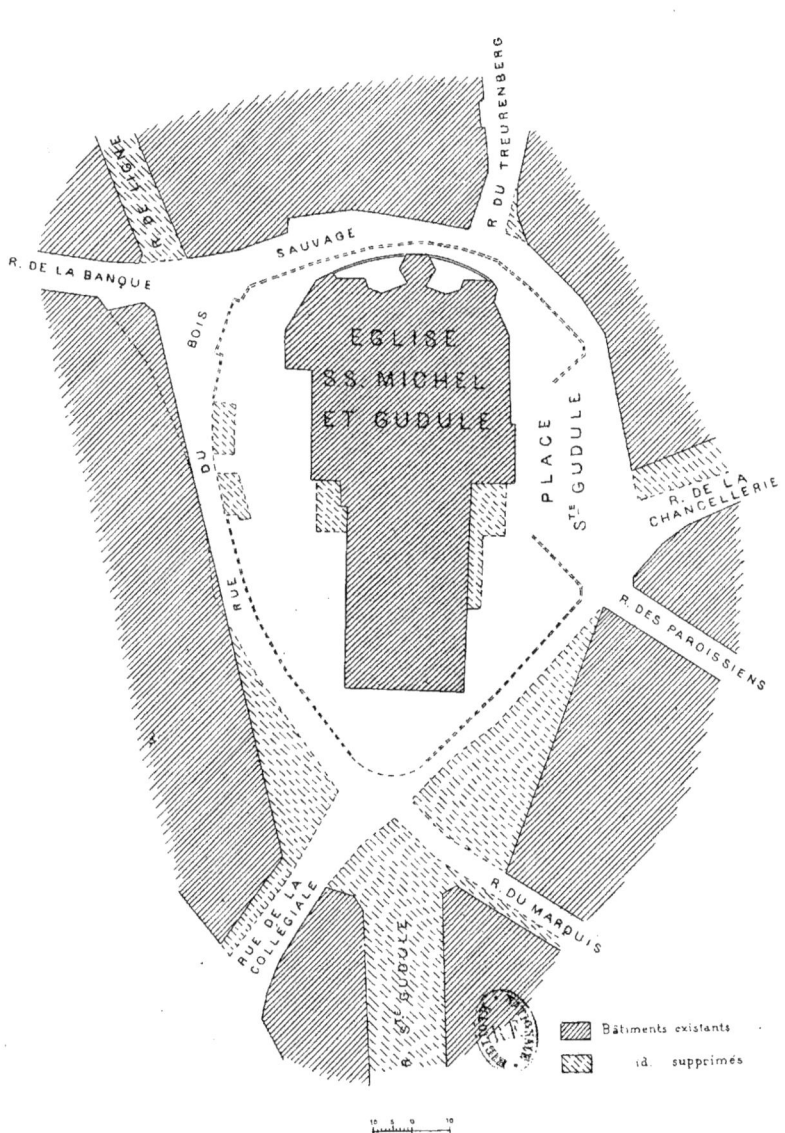

ÉGLISE DES SS. MICHEL ET GUDULE A BRUXELLES

nous montrent l'église entourée d'un mur de cimetière et les maisons voisines l'encerclant dans leurs alignements courbes qui lui font une couronne dentelée avec leurs pignons à gradins.

Nous avons figuré au plan IV la situation ancienne (2), on voit en pointillé le mur du cimetière, les deux constructions qui s'y trouvaient du côté de la rue du Bois-Sauvage et les deux maisons accolées aux aisselles du transept. Nous nous rappelons d'avoir assisté à la démolition de ces dernières ; il n'y a pas lieu de les regretter.

Malheureusement, il n'en est pas de même du cadre de l'église constitué par les maisons à pignons qui enveloppaient le pourtour de la Collégiale, comme on peut le constater sur un plan de 1639.

La courbe harmonieuse a d'abord été détruite, à la plaine Sainte-Gudule, entre la rue des Paroissiens et la rue du Marquis, pour mettre les façades dans l'absurde alignement de l'impasse du Parc, qui vient buter bien inutilement contre la saillie de la maison d'angle de la rue Sainte-Gudule. Nous nous trouvions alors sous le règne despotique de la ligne droite, toutes les sinuosités devaient être supprimées et l'ingénieur des villes n'imaginait pas qu'il pût employer d'autre instrument que la règle ;

(2) D'après le plan de Martin de Tailly de 1639.

les percées rectilignes devaient tout culbuter.

Cependant quiconque n'est pas insensible à la beauté pittoresque sera frappé, en gravissant la place Sainte-Gudule, de l'aspect que présente encore la courbe des maisons enveloppant harmonieusement le chœur de l'église. De ce côté il y a un lien visible entre l'église et son cadre, comme on peut le constater par la vue reproduite pl. V, tandis que du côté opposé l'alignement brutalement rectiligne de la Banque Nationale dédaigne de tenir compte de la présence du temple.

A tous les points de vue la construction de la Banque, à cet emplacement, fut une erreur ; à celui qui nous préoccupe en ce moment, elle fut désastreuse pour l'église dont elle écrase par sa lourde masse la structure divisée et effilée.

Mais puisque nous avons eu, du côté opposé, l'heureuse chance d'avoir conservé la courbe enveloppante du chevet et que les sinuosités du Treurenberg dissimulent la trouée qu'il fait dans le cadre, soyons assez intelligents pour n'y plus toucher.

La percée devant de la façade principale, la rue Sainte-Gudule, s'est heureusement arrêtée à temps pour que l'église apparaisse à bonne distance et sur une éminence. Le roi Léopold II avait rêvé de prolonger cette rue à travers les Galeries Saint-Hubert. Espérons fermement qu'il n'en soit plus question.

PLACE SAINTE-GUDULE

LA RUE DES COLONIES PROLONGÉE JUSQU'A LA PLACE SAINTE-GUDULE

Si un édifice peut se présenter en bonne pos-
ture quand, se dressant sur une élévation, on
l'aperçoit à une distance égale à trois fois sa
hauteur, il n'en est plus de même quand la vue
est plongeante comme ce serait le cas pour
l'église Sainte-Gudule, si on donnait suite au
projet de prolongement de la rue des Colonies,
l'église apparaîtrait alors en raccourci. Cette vue
partielle sur son angle S.-W. ne compenserait
pas le mal que ferait la brèche dans le cadre de
la place. Le spectateur gravissant la place Sainte-
Gudule aurait le vide devant lui et son regard
serait seulement arrêté par le dos d'âne du pavé
de la rue Royale; on ne peut imaginer un effet
plus déplorable, il est condamné par tous les
auteurs qui ont étudié la construction des villes.
L'erreur fondamentale des partisans de la percée
a toujours été de n'envisager que l'aspect qu'elle
donnerait vers l'église, sans tenir aucun compte
de la vue du bas vers le haut. La planche VI
montre le mauvais effet d'une vue se perdant
dans le néant, tandis qu'à l'horizon défilent,
comme des marionnettes à mi-corps, les passants
de la rue Royale. Aujourd'hui que la tour d'angle
du bâtiment du club mondial est achevée, on
peut se rendre compte combien cette tour, paral-
lèle à celle de l'église et l'égalant en hauteur par
suite de la déclivité du sol, sera nuisible au caractère massif et grandiose de la partie visible de
notre collégiale.

23

Si l'on veut se rendre compte du mauvais effet d'une vue surplombante, qu'on se rende au haut de la rue Joseph Stevens, dont le tracé défectueux a été imposé, par le roi Léopold II, à la Ville, sous prétexte de créer un point de vue vers l'église de la Chapelle.

Ceux qui préconisent de pareilles solutions sans avoir étudié tous les facteurs du problème et leur importance relative risquent donc de se tromper et, en négligeant la nécessité d'un cadre approprié à l'église, compromettent l'effet grandiose qu'elle peut produire.

On ne saurait arguer que la circulation est intéressée à la percée en ligne droite, car son principal courant se fera par la rue du Gentilhomme et la rue des Colonies. Ce qui importerait bien plus que la prolongation de l'ancienne impasse du Parc serait donc l'élargissement, à 15 mètres, de la partie supérieure du Treurenberg afin de dégager le carrefour de la place de Louvain, où la circulation est bien plus active qu'à celui de la rue de la Loi, car six voies y convergent.

L'Administration communale ne devrait pas laisser échapper l'occasion d'améliorer, au point de vue esthétique, l'alignement des maisons de la place Sainte-Gudule en expropriant les blocs situés entre la place Sainte-Gudule et la rue des Colonies, car tel que ce terrain est loti

PROJET DE RÉÉDIFICATION DES MAISONS DE LA PLACE SAINTE-GUDULE

à présent il ne convient pas à des constructions hygiéniques.

M. E. Putzeys, ingénieur en chef de la Ville, a bien voulu établir, sur mes indications, la planche VI qui montre clairement la faute que l'on commettrait si l'on donnait suite au projet de percement direct de la rue des Colonies prolongée à travers le cadre de la place : celui-ci serait brisé et les fragments disproportionnés se dresseraient isolés comme les restes d'un corps démembré ; il ne faut pas avoir le moindre sentiment de l'équilibre des masses pour préconiser un aussi détestable résultat.

Il suffit, nous semble-t-il, de jeter un coup d'œil sur la planche VII, donnant la solution que nous proposons, pour être frappé de l'aspect harmonieux que présenterait la place et le beau cadre qu'y gagnerait l'église ; car on se trouverait en présence d'un tout organique. Puisque le cadre est irrémédiablement gâté du côté de la rue du Bois-Sauvage, nous devrions tenir à honneur de prouver que notre génération a un sens plus délicat de la beauté architecturale que celle qui nous a précédés.

Les seules conditions à observer par les constructeurs seraient la limitation de la hauteur à dix-neuf mètres environ et l'obligation de couronner la maison d'un pignon ; pour le reste ils auraient liberté entière dans le choix du style, moyennant toutefois l'autorisation de l'Administration communale, condition indispensable pour obtenir un ensemble monumental.

On ne manquera pas d'objecter que l'architecte de l'église n'en avait pas projeté le cadre où les abords, que ceux-ci se sont formés graduellement et inconsciemment. Cela est vrai, mais c'est précisément là un des éléments de leur beauté. Nous pourrions répéter, à ce propos, ce que nous disions à l'occasion des plans de nos vieilles villes. « Il eût été bien inutile de se demander à l'époque où ces villes vénérables sont nées s'il y avait une esthétique applicable à leur plan. Elles poussaient, elles grandissaient alors peu à peu, à mesure des besoins et conformément à ces besoins. Elles tiraient leur beauté et de cette conformité et du caractère qui se reflétait dans leur construction. (1) »

Quoique les architectes romans et gothiques eussent conçu un plan dont toutes les parties s'ordonnaient symétriquement autour d'un axe central, bien rares sont les édifices dont la construction fut terminée par le même maître et nous pouvons constater, à l'église Sainte-Gudule, l'abandon de la forme cruciale par l'adjonction de deux chapelles latérales aux épaules du transept et la prolongation de l'axe par la chapelle Maes.

(1) CH. BULS. *Esthétique des Villes*, 2e édition, 1894.

Cependant ces additions postérieures ne troublèrent pas la symétrie du temple.

Quant au cadre des maisons, il ne s'ordonna certainement pas suivant un plan préconçu, mais il se construisit parallèlement au mur du cimetière que nous avons indiqué dans notre plan IV par une ligne pointillée.

Cependant, comme l'a fait remarquer justement M. Cornelius Gurlitt, à Lübeck, à l'élément géométrique de l'architecture classique, les modernes et spécialement les Flamands ont ajouté un élément pittoresque. Il en résulte que nous ne considérons plus seulement un monument en lui-même, tel que l'avait dessiné isolément l'architecte, mais nous le voyons dans son cadre et nous désirons conserver celui-ci, afin de faire valoir le monument.

Il ne suffit donc pas que les proportions d'un édifice aient été heureusement combinées par son auteur de façon à le faire grandiose, il faut encore qu'il nous donne l'impression de la grandeur. Or pour cela notre œil réclame un point de comparaison. Si on écoutait les partisans du vide autour de l'église Sainte-Gudule, la norme nouvelle serait fatale au monument, car il n'a pas été construit pour entrer en compétition, au point de vue des proportions, avec les modernes gratte-ciels. Enfin au point de vue des croyants, il est préférable de ne pas faire couler la fiévreuse circulation autour d'un temple, ses abords réclament une quiétude respectueuse et un isolement du bruit des villes modernes; cela est plus conforme à son caractère et à sa destination.

L'examen des quatres problèmes dont on discute la solution pour les vieilles églises d'Anvers, de Tournai, de Louvain et de Bruxelles nous permet d'arriver à des conclusions sur lesquelles les autorités les plus compétentes nous paraissent à peu près d'accord :

1° Il faut débarrasser les vieilles églises des constructions banales accolées à leurs flancs quand elles ne présentent aucun intérêt artistique ou archéologique;

2° Il ne faut pas isoler les vieilles églises, mais leur conserver, le plus possible, leur cadre ancien en ménageant, à bonne distance, des points de vue sur leurs parties les plus intéressantes. Dans certains cas des rideaux d'arbres pourront être employés comme écrans quand des constructions ne sont pas possibles.

3° Avant de procéder à des modifications au cadre ancien des églises, il faut étudier avec soin leur répercussion sur les environs immédiats au point de vue de l'activité commerciale, de la vie sociale de la cité, des édifices religieux

28

ou civils voisins, du concours que l'église prête au cadre d'une place publique.

Nous pensons qu'en prenant ces règles de prudence pour guide dans l'étude du problème on réduira au minimum les chances d'erreurs. Cependant, comme il faut tenir compte d'appréciations fort délicates, on sera toujours exposé à être critiqué.

*
* *

Pendant la correction des épreuves de cette étude nous recevons de M. G. Des Marez, archiviste de la Ville, communication d'une résolution du Magistrat de Bruxelles, en date du 24 avril 1697. Nous résumons le texte flamand :

« Messieurs les Lieutenant-Amman, Bourgmestres, Échevins, Trésoriers, Receveurs et le Conseil de la ville de Bruxelles, considérant qu'il importe de ne pas laisser déformer la Grand'Place et de conserver une certaine harmonie entre les façades des maisons, interdisent aux propriétaires et aux maçons d'en commencer la construction sans avoir, au préalable, soumis le modèle de ces façades au Magistrat et d'en avoir reçu l'autorisation de bâtir, sous peine d'une amende de 100 patacons et de démolition immédiate, aux frais des contrevenants. »

C'est à cette ordonnance, prise au lendemain du bombardement de 1695, que nous devons de posséder une Grand'Place unique en Europe.

Puisse la prévoyance des magistrats de 1697 inspirer ceux de 1910 !

TABLE DES PLANCHES

TABLE DES MATIÈRES

BRUXELLES
IMPRIMERIE VEUVE MONNOM
32, RUE DE L'INDUSTRIE, 32

—

1910